__Prolog__

Hi!Ich bin Charlotte.Ich bin 13 Jahre alt.Aber lest weiter.Alles fing

an als ich 9 Jahre alt war.Meine Mum verließ mich und meinen Dad.Jetzt bin ich 13 und verstehe immer noch nicht was mit mir passsiert.Manchmal sehe ich ein Phantom, es taucht einfach so auf,und verschwindet nach ein paar Sekunden oder einer Minute wieder.Ich finde das persönlich sehr gruselig,meine beste Freundin

Lisa aber nicht.Sie würde selber gerne das Phantom sehen.Aber das

gruselige daran ist,dass das Phantom genauso aussieht wie ich. Außerdem sieht es aus wie ein Geist.Lisa ist davon überzeugt dass das Geistermädchen mir mein Schicksal zeigt.Lisa´s Theorien:

- Die Phantomschwester zeigt mein Schicksal (ganz ehrlich daran glaubt doch sowieso nur sie)
- Die Phantomschwester zeigt meine Seele (Lisa glaubt das seit Mum uns verlassen hat ist meine Seele tot)

- Ich bin verrückt (Lisa meinte das ich mir Dinge einbilde seit Mum gegangen ist.Ich halte das für Schwachsinn.Lisa meinte aber auch das ich diese Theorie nicht so ernst nehmen sollte.)
- Ich halluziniere (obwohl wir nicht so wirklich daran glauben)

Es ist so das Lisa´s Theorien nur schlecht sind.Deswegen habe ich nur 4.Theorien aufgezählt.Mit 10 Jahren bekam ich meine Hündin Helena.Helena ist eine sehr nette Hündin.Mein Dad ist Chef einer
Firma und wir sind reich.Dafür bin ich sehr selbständing.In meiner
Klasse sagen wir dazu Schlüsselkinder.Ich bin sehr beliebt und kann die Meinungen der anderen sehr stark beeinflussen.

1

Es war ein normaler Morgen wie jeder andere. Ich stand auf. Zog mir mein Nachthemd aus. Nun stand ich vor dem Kleiderschrank. Ich hatte nur einen BH an. Also zog ich mir eine Leggins an, einen Minirock drüber, ein T-Shirt und einen bequemen Pulli drüber. Dann machte ich mir einen Zopf (Was wieder mal sehr schwierig war, weil meine Haare richtig dick sind).Aber genug von meinem Aussehen ich nahm mir meine Schultasche und ging in die Küche und aß mein Frühstück. Und machte mich auf dem Weg in die Schule. Als ich wie jeden Freitag in die Klasse kam, wurde ich sofort von der "Mädchen-Clique" begrüßt. Was ich natürlich mal wieder ignorierte, weil es mich so langsam nervte. Ich hasste es, dass ich wegem dem Geld so beliebt war. Wir hatten ein Mädchen in der Klasse das von den anderen total ausgegrenzt wurde. Unsere Klassenlehrer interessierte das nen scheiß Dreck. Doch heute würde sich etwas ändern. Ich ging zu ihr hin und sprach sie an:„Hallo ich bin Charlotte!Und wer bist du?". Sie antwortete:„Ich bin Helena. Aber wieso sprichst du mich an? Du kannst doch jeden als Freund oder Freundin haben. Wieso willst du in meiner nähe sein?" „Genau deswegen. Es nervt so langsam. Denn ich bin nur so beliebt, weil mein Vater Chef einer Firma ist und wir deswegen reich sind. Und du wirst gemobbt und ausgegrenzt weil du nicht so viel Geld hast. Würdest du denn mit mir befreundet sein wollen ?" fragte ich sie.Es wurde still zwischen uns.Es schien als ob sie überlegen musste.Also sagte ich:„Lass dir zeit. Überlege in ruhe und sag mir bescheid wenn deine Entscheidung gefallen ist. "Und ging zu meinem Sitzplatz neben Lisa. Die schaute mich an als ob ich etwas ganz schlimmes getan hätte. „Was ist los?" fragte ich sie. „Was los ist? Du hast mit dem Mädchen gesprochen dass ausgegrenzt wird weil es so wenig Geld hat. Du kannst mit jedem hier befreundet sein und entscheidest dich für sie?" sagte Lisa verärgert. Ich sagte ihr das es scheiß egal ist ob man reich oder "arm" ist. Und das es nur auf den Charakter ankommt. Der restliche Tag verlief ganz normal. Am Abend tauchte es wieder auf. Doch diesmal hielt es einen Zettel in der Hand. Darauf stand:Bleib wie du bist. Dann wirst du dein Schicksal nicht erleben". Ich fragte mich ein wenig was das bedeuten solle. Dann verschwand sie auch schon wieder. Ich musste für Lisa ein Tagebuch führen.

Liebes Tagebuch,
heute am 30.1. um 19:00 ist mir das Phantom schon wieder erschienen.
Sie sah schon wieder so aus wie ich. Doch diesmal hatte sie einen Zettel in der Hand.Darauf stand,ich zitiere: Bleib wie du bist. Dann wirst du dein Schicksal nicht erleben".Ich fand das ziemlich erschreckend. Welches Schicksal meinte sie? Kommt

sie vielleicht aus der Zukunft? Meint sie ihr Schicksal? Will sie mich vor irgendwem oder irgendwas warnen? Will sie mich erschrecken? Sonst war alles normal. Sie tauchte auf und verschwand nach einer Minute.
C.Müller

Ich schrieb den Eintrag und ging wieder ins Bett.Das Wochende verlief normal. Am Sonntag waren Dad und ich zu einer Hohzeit eingeladen.Ich zog mir ein hübsches Kleid und eine Strumpfhose an, Dad trug wie immer einen Anzug.Das Problem war ich hasste Feiern af die ich gezwungen wurde zu gehen, weil Dad es so wollte.Und so eine Feier war die Hochzeit.Es war nämlich ein bekannter von Dad.Und Dad meinte es wäre nett von mir mit zu kommen sonst bekäme ich Hausarrest.Da ich natürlich keinen Hausarrest haben wollte kam ich mit.Die Hochzeit verlief wie jede andere (was für ein Wunder).Zuerst heirateten sie,dann kam die eigentliche Feier,und danch der Brautstraußwurf.Und endlich fuhren sie in die Flitterwochen!Als ich endlich zu Hause war,zog ich mich aus und lies mich totmüde in mein Bett fallen.Am Montag ging ich zur Schule und dachte an das Phantom.Und wieder kaum war ich im Klassenraum wurde ich auch schon von der Mädchen-Clique begrüßt.Ich ignorierte sie und setzte mich auf meinen Sitzplatz.Der Platz neben mir war leer.War Lisa krank? Unbemerkt von mir, war Helena zu mir gekommen.,,Hallo,Charlotte! Sagte sie.Völlig überrascht und erschrocken sagte ich:,, Hi!Was möchtest du?.Da sprach Helena :,, Ich möchte mit dir befreundet sein!.,,O.K. Aber möchtest du mich nicht erst besser kennenlernen?" fragte ich sie.Sie wirkte überrascht.,,Wir können aber doch befreundet sein oder??" fragte sie unsicher. Da sagte ich,um sie zu beruhigen, folgendes :,, J,klar doch!"In diesem Moment kam Frau Buße rein,unsere Klassenlehrerin.Wir begrüßten uns.Sie änderte wie jeden 3.Monat die Sitzordnung.Ich saß vor ihr zusammen mit Helena.Was uns freute,denn so konnten wir uns ein bisschen kennenlernen.Am Ende der Schulzeit haten wir unsere Telefonnummern getauscht.Ich ging nach Hause.Durch das Küchenfenster sah ich Dad der Mittagessen kochte.Das war sehr besonders,denn normalerweise war er um diese Zeit noch in der Firma.Ich ging rein,setzte meine Schultasche ab (normalerweise pfefer ich sie in ne Ecke,aber das mag Dad nicht) und zog mir meine bequemen Sachen an. Als ich in die Küche kam roch es nach meinem Lieblingsessen. Spaghetti

Bolognese mit Brokoli und Rosenkohl.,,Hi,Dad!" rief ich,denn es war sehr laut.Während er kochte, unterhielten wir uns über seine Arbeit und die Schule.

2

Es war Dienstag.Wir saßen in unserer Klasse.Lisa war wieder da,freute sich aber gar nicht über die neue SitzordnungDenn sie musste neben Kevin sitzen.Kevin war der coolste Typ aus unserer Klasse.Außerdem war ich mit ihm zusammen.Das verstand Lisa nicht,denn sie hate sich noch nie verliebt.Und links von ihr saß Moritz.Und es war sehr offentsichtlich das Moritz auf Lisa stand.Denn er machte sie pausenlos mit den schönsten Anmachen die es gab an.Ich hörte ihn heute sagen:,,Du bist ein sehr schöner Juwel."Und zack hatte er Lisa's Aufmerksamkeit,denn die schaute ihn jetzt ganz verliebt an.Herr Frühling kam rein.Er war unser Mathe Lehrer.Herr Frühling war super o.k.,denn er gab uns Aufgaben und dann war's ihm egal ob wir sie machten, oder nicht.Heute kam Helena (ich nenne sie Hela, da mein Hund Helena heißt) mit zu mir.Denn wir hatten uns gestern für heute verabredet.Der Tag war vorbei und Hela's Mum holte sie ab.Der Rest der

Woche war wie immer.Am Sonntag jedoch erschien mir das Phantom wieder.Allerdings standen diesmal 2 Schilder neben ihr.Darauf stand:Das Schickal hat sich erfüllt.Du bist dran.Achte au dich.Halte dich von Helena fern.Dem Mädchen."Ich wich erschrocken zurück.Beunruhigt schrieb ich in mein Tagebuch:

Liebes Tagebuch,
heute am 4.1. um 15:00 Uhr habe ich das Phantom gesehen.Es stand zwischen 2 Schildern.Darauf stand: Das Schicksal hat sich erfüllt.Du bist.Achte auf dich.Halte dich von Helena.Dem Mädchen."Das hat mich erschreckt.Wieso sollte ich mich von ihr fernhalten?Was heißt:Das Schicksal hat sich erfüllt?Ich habe Angst.
C.Müller

Lisa war gekomme,weil ich angerufen hatte.Als sie die letzten beiden Einträge sah blickte sie mich bessorgt an.,,Ich habe dir doch gesagt,dass du dir jemanden anderes als Freundin suchen sollst!" sagte sie beunruhigt.,,Aber da wusste ich das noch nicht,Lisa!" sagte ich trotzig.Wir unterhielten uns weiter.Doch irgendwann schaukelte es sich hoch und wir fingen an zu streiten.Lisa wurde mal wieder Rot wie ne Tomate. Das wurde sie immer wenn sie immer wütend war.Und so ging sie rot wie ne Tomate nach hause.Und ich ging in unser Sportzimmer und boxte gegen meinen Boxsack.Um 19:00 kam mein Dad endlich nach Hause.Ich hatte mich geduscht und dann aufs Sofa gesetzt und angefangen einen Film zu gucken.„Hallo,Charlotte!" rief er.Und kam auch schon ins Wohnzimmer.„Hi,Dad!" sagte ich.„Ich hab uns etwas zu Essen mitgebracht.Für dich einen PomDöner und für mich ein Schnitzel mit Pommes." sagte er mit einem lächeln.Wir aßen zusammen.Danach musste er leider wieder in seine Firma und ich guckte meinen Film weiter.Plötzlich roch es nach Kuchen.Alles verschwomm vor meinen Augen.Ich machte die Augen zu.Ich machte die Augen wieder auf und auf einmal war ich in der Shoppingmall unserer Stadt.Und irgendein Mädchen kam auf mich zu … nein,es war Viktorya!Als sie ganz in meiner nähe war sagte sie :„Chalie,wieso stehst du hier so rum?Wir wollten doch Shoppen gehen!"Ohne es zu wollen, sagte ich:„Geh nur schon,ich gehe nur eben aufs Klo."In meinen Gedanken fragte ich mich :Shoppingtouren um 21:00 Uhr?.Ich ging ganz schnell auf ein Damenklo.Ich schloss mich in eine Kabine ein.MIr fiel auf einmal auf,das ich eine pinke Handtasche in der Hand hielt.Ich wühlte in der Handtasche und ich fand sogar was ich gesucht hatte!Ihre Geldbörse.Und tatsächlich war da auch ein Personalausweis drin.Und es stand alles drauf:

Name,Vorname	Größe	
Müller,Charlotte	1,72 m	
Alter	Geburtstag	
13	25.2.2003	
Wohnort		Postleitzahl
Brochen, Kieselstraßen 16		45146

War ich das?Denn fast alles außer die Hausnummer stimmte über ein.Ich ging aus
der Kabine und guckte in einen der Spiegel.Tatsächlichih aussehen und meins stimmte überein.Bis auf die Haare.Ihre waren dünn und lang bis zu ihren Brüsten.Und meine das wusste ich ja,waren dick und nur Schulterlang.Doch dar war wieder der Kuchengeruch und zack saß ich wieder auf dem Sofa und guckte meinen Film.

Es war Montag.Beginn einer neuen Schulwoche.Wieder stand ich vor meinem Kleiderschrank.Doch als ich mir eine Strumpfhose raus nehmen wollte sah ich es.Auf meinen Armen war ein Strichmuster,das wie ein Labyrinth aussah.Wieso?Hatte die Phantomschwester mich verflucht?Woher hatte ich dieses Muster überhaupt?Es gab so viele unbeantwortete Fragen.Ich guckte auf die Uhr und ich sah das ich nur noch 20 Minuten bis Schulbeginn hatte.Ich zog mich schnell an,aß super schnell mein Frühstückund hastete zur Schule.Doch da sah ich am digitalen Vertretungsplan:"8G 1.Stunde bei Frau Müller entfall!" dafür hatte ich mich so beeilt?Für eine Freistunde?!Ich ging zur Kantine.Meine gesamte Klasse war dort.Kaum war ich drin begrüßte mich auch schon die "Mädchen-Clique".Ich ignorierte es gekonnt und setzte mich neben Lisa.,,Na,auch schon da?" fragte Lisa ironisch.Sie guckte mich an als ob irgendetwas schlimmes passiert wäre.Ich fragte sie ganz ruhig:,,Was ist passiert?".,,Es ist Helena.Sie sitzt zwar im Moment da drüben,aber sie hat mir einen Brief gegeben,den ich dir geben soll." sagte sie.Sie gab mir den Brief.Ich machte den Umschlag auf und laß mir den Brief durch:

Liebe Charlotte,

Ich lade dich zu mir in die Kuckuckstraße 2 ein.
Meine Eltern un ich freuen uns schon auf dich.
Sag deinem Vater bitte das du für ein Projekt bei mir bist.
Heute um 17:30 bei mir.
Deine Hela

Wieso schrieb sie mir einen Brief?Was für ein Projekt?Warum so spät?Ich versank in meinen Gedanken.Unbemerkt von mir hatte Lisa einen Zettel geschrieben und war gegangen.Als ich den Zettel sah nahm ich ihn.Darauf stand folgendes:

Hi Charlotte,
Du warst offenbar in Gedanken.
Deswegen hab ich dir den Zettel geschrieben.
Ich bin rüber zu Moritz gegangen.
Hoffe dich stört das nicht.
Kevin ist auf dem Weg zu dir.
Habe ich zufällig gesehen.
Deine Lisa

Bor Lisa war verliebt schon so verliebt,dass sie schon ihre Freistunde mit ihm verbringen musste.Und nicht mit mir.Wobei ich sie jetzt wirklich gebraucht hätte als Freundin.Außerdem kam mein Freund zu mir,wie sie geschrieben hatte.Als er bei mir war,gab er mir einen Kuss und setzte sich hin.„Hallo,Schatz!Wie geht es dir?" fragte er.„Gut weil du bei mir bist." schwärmte ich.Immer wenn Kevin bei mir war fühlte ich mich sicher,weil er so stark war.Ich unterhielt mich weiter mit ihm bis die Freistunde vorbei war und Herr Bares uns abholte.

Der Schultag war vorbei und ich war nach Hause gegangen.Es war 17:00 und ich machte mich auf den zu Helena.Ich war gespannt darauf zu erfahren was das wohl für ein Projekt sein würde.Aber als ich da war und wir an diesem "Projekt" arbeiteten war es doch nicht so spannend.Sie wollte testen ob ein Ballon (aufgeblasen) in der Mikrowelle explodiert.Ich blieb zur Sicherheit in ihrem Zimmer.Doch dann fand ich etwas erschreckendes.Ein kleines Holzkästchen mit der Aufschrift: "Wunscheltern".Ich bekam Angst.Ich zog mir Schuhe und Jacke an und rannte aus ihrem Haus raus.Trotzdem machte ich die Haustür vorsichtig zu.Ich rannte nach Hause.Es war 18:20 und ich ging einfach nur ins Bett.

4

Hi!Ich bin Helena.Charlottes Hund.Es war Montagabend.Ich schaute auf ihren Wecker.Es war 18:25.Normalerweise ging Charlotte nicht so früh ins Bett. Irgendetwas musste passiert sein.Wieso kann ich nicht sprechen? fragte ich mich.Ich sprang auf ihr Bett und legte mich ans Fußende.„Achso,du bist das Helena." sagte sie noch etwas ledirt von dem Schreck.Sie rief mich und ich legte mich etwas weiter nach vorne.Wie immer wenn sie etwas bedrückte erzählte sie es mir und streichelte mich dabei.Diese Momente,allein mit mir,liebte ich.Als sie fertig war sprang ich vom Bett runter.Charlotte und ich legten uns schlafen.Ich konnte aber trotzdem nicht einschlafen.Plötzlich endeckte ich eine Hundegestalt an ihrer Zimmertür.Eine Hundegestalt die auf mich zu kam.War es ein Hundephantom?Ich schloss meine Augen und öffnete sie und das Hundephantom war weg.Ich ging zurck auf meinen Platz.

5

Dienstag.Die Sonne schien in mein Zimmer.Es war ein sehr schöner Morgen.Ich zog mich an und ging in die Küche

Frühstücken.Dann machte ich mich auf den Schulweg.Da war er wieder,der Kuchengeruch.Und wieder verschwomm alles vor meinen AugenIch schloss meine Augen und öffnete sie wieder.Ich war schon wieder irgendwoanders.Ich guckte an mir runter.Ichtrug High Heels und ein weißes Hochzeitskleid?Ich schaute mich um.Gegenüber von mir stand ein Pfarrer und links neben mir stand ein Mann.Ich war in einer Kirche und auf jeder Bank saßen Personen.Der sprach die Worte die ein Pfarrer benutzte wenn Leute heirateten.Und auf einmal bemerkte ich,dass der Pfarrer mit mir sprach.„Wollen Sie Charlotte Müller den zu Ihrer linken stehenden Max Muster heiraten?"Fragte der Pfarrer.Ich dacht ein paar Sekunden darüber nach was ein 'Nein' für diese Charlotte Müller folgen haben könnte.Also sagte ich :„Ja ,ich will." „Sie dürfen die Braut jetzt küssen." sagte der Pfarrer.Und dieser Max fing mich an zu küssen, er konnte gut küssen.Als wir nach der Feier im Auto saßen und auf dem Weg in die Flitterwochen waren roch es wieder nach Kuchen.Und zack war ich zurück und ich war kurz vor meinem Klassenraum.Ich ging rein und wurde von der "Mädchen-Clique" begrüßt.Zu meiner Freude bemerkte ich das Helena nicht da war.Also setzte ich mich auf meinen Platz.Frau Buße kam herein.Keine Ahnung warum aber sie änderte schon wieder die Sitzordnung.Und zack saß ich zwischen Lisa und Kevin.Das machte mich sehr glücklich.Nach der Schule ging ich wie gewohnt nach Hause.Doch etwas zog meine Aufmerksamkeit auf sich. Es war die Phantomschwester.Ich ging auf sie zu und sie hatte wieder 2 Schilder bei sich.Darauf stand: Mach so weiter halte dich von Helena fern sie ist kein gutes Mädchen.Achte auf dich und such dir eine neue Freundin sonst erfüllt sich das Schicksal."Und zack war da Phantom auch schon wieder weg.Ich setzte mich auf eine Bank und holte Schreibsachen raus und schrieb auf was passiert war:

Liebes Tagebuch,
heute am 11.02. um 13:40 sah ich
auf meinem Schulweg schon wieder
die Phantomschwester.Sie hatte wieder 2 Schildern.Darauf bei sich.Darauf stand: „Mach so weiter.Halte dich von Helena fern.
Sie ist kein gutes Mädchen.Achte auf dich und such dir eine neue Freundin,
sonst erfüllt sich dein Schicksal."Wieso?Ich weiß doch das sie kein gutes

Mädchen ist.
C.Müller

Als ich fertig war ging ich weiter nach Hause.Endlich war ich zu Hause.Ich übertrug das was auf dem Zettel stand in mein Tagebuch.Danach steckte ich den Zettel in meinen Schredder.Ich leinte Helena an und ging spazieren.Dabei dachte ich über mein Leben nach.

6

Endlich war Charlotte zu Hause und leinte mich an.Es war Dienstagmittag und ich hatte mich schon den ganzen Tag auf den Mittagssparziergang gefreut.Wir waren gerade an der T-Kreuzung Richtung Schule angekommen,da sah ich schon wieder dieses Hundephantom.Sie kam auf mich zu.Alles um "uns" herum war wie erstarrt.Und das Hundephantom sagte:Ab diesem Moment an,wirst du sprechen können.Aber ich werde dich dafür dein Leben lang begleiten müssen."Und zack war das Hundephantom auch schon wieder weg.Charlotte zog an der Leine,denn sie war schon viel weiter vorne.Ich wollte "Warte" bellen,doch anstatt zu bellen,schrie ich es in ihre

Richtung.Erschrocken drehte Charlotte sich um und ging zurück zu mir.Sie fragte:,,Du kannst ja auf einmal sprechen! Könntest du für mich Hallo sagen?"Und ich wollte Hallo bellen,aber ich sagte es.Den Rest des Spaziergangs sagten wir kein Wort.Um 14:35 waren wir dann zu Hause und gingen beide ins Bett.Irgendwann war ihr Dad auch zu Hause.

7

Mittwoch.Würde dieser Albtraum weitergehen?Gestern beim Spaziergang hatte Helena angefangen zu reden.Ich stand auf und zog mein Schlafshirt aus.Ich stellte mich vor den Kleiderschrank.Heute sollte es 25°C warm werden.Ich zog mir eine dünne Leggings,darüber eine Hot-Pen,ein weißes T-Shirt und darüber ein Bauchfreies-Top und warf mir mein großes Dreieckstuch über die Schultern und ging in die Küche.Ich war überrascht,denn mein Vater schien auf mich zu warten.Kaum saß ich auf meinem Stuhl sang Dad auch schon "Happy Birthday".Ach ja heute war mein Geburtstag.Ich hatte so viel im Kopf,das ich gar nicht mehr an meinen Geburtstag gedacht hatte.Mein Vater hatte Crêpes gebacken.Heute durfte ich das tun worauf ich bock hatte,also schmierte ich eine 3-centimeter

dicke Nutellaschicht auf
meine Crêpes und rolte sie zu einer dicken Rolle zusammen
und biss ab.Es war das beste was ich je gegessen hatte.Papa
schlich sich "heimlich" aus der Küche raus was ich natürlich
bemerkte.Trotzdem wollte ich ihm den Spaß nicht verderben
und aß schweigend weiter.Als ich fertig war kam Dad wieder
rein und hatte die Hände hinter seinem Rücken.Was für ne
Überaschung hatte er hinter seinem Rücken?Ich konnte eine
Katzentransportbox
erkennen.außerdem hörte ich ein "Miau".Und tatsächlich,dad
überreichtemir meine erste Katze.Genauso wie ich Dad meine
Traumkatze beschrieben hatte.Ich rief meine Helena.Kein
einziges Geräusch kam aus meinem Zimmer.Ich rannte sofort
in mein Zimmer.Doch Helena war nicht da.Also ging ich in
zurück in die Küche.,,Wo ist Helena?" fragte ich.Die
Antwort:,,Sie ist bei einer anderen Pflegefamilie.Dafür hat du
jetzt deine Traumkatze.Wir können sie nicht zurückholen."Ich
war wütend bis ins Knochenmark.Wie konnte Dad nur?Er hatte
meine Freundin durch eine wirklich süße Katze ersetzt.So hatte
ich mir meinen Start in meinen Geburtstag nicht
vorgestellt.Helena war die beste Hündin der Welt.Sie konnte
nicht ersetzt werden!Wütend ging ich zur Schule.Als ich mich

neben Lisa setzte,fragte sie:„Was ist los?"Ich wurde traurig.„Papa hat ne Katze als Geburtstagsgeschenk geholt … „Das ist doch super!" funkte Lisa mir da zwischen.Ich fuhr fort:„dafür hat er Helena wegegeben.Das macht mich traurig und wütend.Und wir können sie nicht zurückholen!"„Das ist aber richtig scheiße von deinem Vater" meinte Lisa dazu.Frau Hase kam rein und begrüßte uns.Endlich war der Schultag vorbei.Die Schulwoche war auch vorbei,weil Donnerstag und Freitag Feiertage waren.Und zwar war das Fest "Schoolperch".An diesen Tagen wurde die Schulpflicht außer Kraft gesetzt.

8

Schwärze.Unter mir ein Lichtpunkt.Ich falle.Ich schreckte hoch.Um mich herum sah ich mein Zimmer.Doch irgendetwas war falsch.Es begann sich aufzulösen und ich fing wieder an zu fallen.Ich wollte schreien.Doch da bemerkte ich das ich geknebelt war.Plötzlich saß ich.Mir wurde eine Waffe an den Kopf gehalten.Ein Schuß.Ich wachte auf.Als ich auf meinen Wecker schaute war es 9:00 morgens.Ich stand ganz in ruhe auf und schaute auf Helena's platz.Aber anstatt Helena sah ich die

Katzentransportbox.Und sofort kam alles wieder hoch.Mein Geburtstagsmorgen,der eigentlich schön sein sollte,aber meine Helena nicht da war und ich stattdessen eine Katze bekommen hatte.Das erinnerte mich an damals,als ich 9 jahre alt war und Mum uns verließ.Es war der 30.August,Herbst.Ich war gerade aufgestanden,da hörte ich Mum und Dad streiten.'Dad sei nicht gut für mich' hatte Mum gesagt. Dad hatte Mum das auch vorgeworfen.Ich hatte sie belauscht bis um 9:00.Ich war in den Flur gegangen.'Morgen Mum und Dad' hatte ich gesagt.Und schon hatten sie nichts besseres zu tun,als mir vorzugaukeln es sei alles in bester Ordnung.'Worüber habt ihr euch gestritten?' hatte ich meine Eltern gefragt.Das würde ein 9-jähriges Mädchen nicht verstehen,hatten sie mir damals gesagt.Am nächsten Tag war Mum nicht mehr da.Papa hatte mir danach alles erklärt.'Miau machte es und ich wurde unsanft aus meinen Gedanken geholt.Ich hasste diese Katze.Sie war so schön und niedlich,dass sie schon wieder hässlich war.Ich wollte unbedingt dass Helena bei mir war und nicht diese Katze.Ich stellte mich vor meinen Spiegel.Der Zopf,den ich mir für die Nacht gemacht hatte,war raus.Mein Nachthemd lag auf meinem Bett,hinter mir,das konnte ich im Spiegel sehen.Ich schaute vom Kopf bis zu den Zehen an mir herunter.Mein gesamter Körper war mit diesem merkwürdigem "Labyrinth-Muster" bedeckt.Aber je länger ich hinsah desto blasser wurde das Muster bis es ganz weg war.Ich nahm meine Haarbürste und wollte mir die Haare bürsten.Die Tür ging auf.Mein Vater kam herein,sagte 'Guten Morgen' und setzte sich auf mein Bett.„Was soll das?" fragte ich ruhig.„Was das soll? Ich bin dein Vater!Ich darf dich nackt sehen!" antwortete mein Dad.Dad war so ätzend!Manchmal wünschte ich meine Mama wäre noch hier.„Nein,ich muss deine Privatsphäre akzeotieren also musst du auch meine akzeptieren." erwiderte ich innerlich vor Wut kochend.„Deine Mum hat angerufen.Sie sagte dass sie dich lieber bei ihr hätte.Ich hab ihr gesagt dass du hier nicht wegziehen wirst!" sagte Dad.„Wie kannst du nur so eine Entscheidung hinter meinem Rücken für mich treffen?" fragte ich ihn mit einem komischen Gefühl im Magen.„Ganz einfach.Du bist meine Tochter und wirst immer meine Tochter bleiben.Deine Mutter hat gar nichts mehr zu sagen." schrie mein Vater mich an.Er stand auf,ging zu mir und gab mir eine Backpfeife.Dann ging er in die Küche und kam mit einem Sack zurück wo Löcher für die Arme und den Kopf drin waren.Er riss meine Arme hoch und zog mir den Sack an.Dann schlug er mir auf den Arsch danach nahm er meinen Gürtel und verpasste mir 5 Gürtelhiebe.„Den Sack wirst du jetzt den ganzen Tag tragen!" schrie er mich an.Ich fing an zu weinen.„Wieso?Wieso dieser Prügel?" fragte ich.„Wieso?Du warst fies und gemein zu mir.Das muss bestraft werden.Außerdem ist deine Mama nicht hier.Sie hasst Gewalt." sagte Dad.Bor ey was soll das?Wer seine Meinung sagt,ist sofort fies und gemein?!Das können ja schöne 4 weitere Lebensjahre werden.11:00 Uhr,mein Dad war endlich zur Arbeit gefahren.Das Telefon klingelte.„Müller am Telefon.Was kann ich für sie tun?" trällerte ich.„Charlotte?" fragte eine leise Stimme.„Jaaaaa?" sagte ich. „Charlotte ich bin deine Mutter Alexandra.Ist dein Vater weg?" fragte die Stimme,die jetzt etwas lauter aus dem Lautsprecher erklang.„Mama!Wie geht es dir?Was machst du?" schrie ich glücklich ins Telefon hinein.Sie sagte (etwas ruhiger als ich) : „Mir geht es gut.Was ich mache kann ich dir leider nicht sagen.",„Kann ich dir etwas anvertrauen?" fragte ich sie.„Ja klar kannst du das." sagte sie glücklich.Da fing ich an ihr zu erzählen was passiert war.„Er hat dich verprügelt und dir einen Sack angezogen?" fragte sie erschrocken.Ich antwortete:„Ja,das hat er.",„Du kannst wirklich nicht zu mir ziehen?" fragte sie traurig.„Du weißt doch wie er geantwortet hat.." schluchzte ich ins Telefon.Wir unterhielten uns weiter,bis Mum auflegen musste.Die Warheit war also,Papa war ein Schläger der,der Polizei bekannt war.Er war nur noch auf freiem Fuß weil seine Firma eine der wichtigsten war.Ich hatte Angst.Was würde das nächste mal passieren?Würde Dad mich Tot-Prügeln?Ich wollte ein Leben ohne elterliche Gewalt haben.Das Problem war nur das Dad mich auch schon damals geschlagen hatte.Herbst,32.August.2 Tage nachdem Mum uns verlassen hatte.Mein Vater und ich saßen am Frühstückstisch."Reichst du mir bitte das Nutella" hatte ich Dad gefragt.Ohne ein Wort hatte Dad mir das Nutella gegeben."Was ist los?" hatte ich ihn neugierig gefragt."Kapierst du es nicht?Deine Mum ist weggegangen und das ist deine Schuld!Seit du 8 bist haben Mum und ich nur noch gestritten!" hatte mein Vater mich angeschrien.Danach hatte er mich geschlagen.Jemand massierte meine Schultern und holte mich aus meiner Erinnerung. „Hi,Charlie!" hörte ich die fremde Person sagen.Ich drehte mich um und sah wer mich massiert hatte.eine Frau!Sie hatte blonde, lange Haare,blaue Augen,volle Lippen,riesige Brüste und einen richtig runden Hintern.Wer war diese Frau?„Wer sind sie?" fragte ich.„Ich bin Cloé. Deine neue Mutter." sagte sie mit einlullender Stimme.Meine neue Mutter?!Wohl eher Papa's Traumfrau!Papa war nicht nur ein

Schläger,er war auch Pädophil. Dad hatte mal versucht mich zu Vergewaltigen.Das Ergebnis war,das er mit einem gebrochenem Arm im Krankenhaus landete. Dad hatte zu diesem Zeitpunkt nämlich nicht daran gedacht dass ich Karate habe und mache.,,Du,meine neue Mutter?Niemals!" sagte ich zu ihr.,,Du bleibst jetzt mal ganz ruhig!Oder soll ich deinen Vater holen?" sagte sie diesmal strenger.,,Du bist nicht meine Mutter". wiederholte ich.,,O.k.,du hast es nicht anders gewollt!" schrie sie.Sie holte zu einer Backpfeife aus.

9

Es roch nach Kuchen.Und zack verschwomm meine Umwelt um mich herum.Chloé wurde zu grellem Licht und einer Frau mit einem Mann.Sie schauten zu mir hinab.,,Ist Charlotte nicht schön, Kai?" fragte die Frau.Das Bild wurde schärfer und plötzlich erkannte ich,dass es Mum und Dad waren.Alexandra und Kai Müller.Doch ich bemerkte das,etwas neben mir lag.Es war ein Baby.War dies Helen?Meine Schwester die mit 4 jahren an einem Hirntumor starb?Sah ich sie und mich kurz nach unserer Geburt?,,Nein,Charlie sieht schöner aus!" sagte Kai.Nein,das konnte nicht meine Vergangenheit sein!Meine

Schwester war Helen gewesen.Auf einmal sah ich die Jahre nur so an mir vorbeifliegen bis Charlie und ich 14 jahre alt geworden waren.Irgendetwas stimmte aber ganz gewaltig nicht.Charlie tobte im Garten herum wie eine 5 jährige,genau wie ich.,,Ach,Kai!Wieso haben unsere Kinder bloß den Verstand von 5-jährgen?Sie sind 14!" seufzte Alexandra.,,Das liegt daran das ihr Verstand sich nicht weiterentwickelt.Aber das hat uns der Artzt schon lang und breit erklärt,Alexandra." versuchte Kai, Alexandra zu beruhigen.Kuchengeruch.das Bild verschwomm und meine Backe fing unwillkürlich an zu schmerzen.Aber nicht nur das!Ich lag mit dem Rücken auf Dad's Bett.Meine Hände an die beiden Bettpfosten gefesselt.Ich war nackt und meine Füße waren an die anderen beiden Bettpfosten gefesselt.Da kamen Dad und Chloé rein.,,Da liegt das unartige Kind!Ich hoffe du wirst sie bestrafen!" sagte Chloé wütend.Beide fingen an mich zu vergewaltigen.Ich wollte mich wehren.Leider war ich ja gefesselt.Als sie fertig waren legten sie sich zu mir hin und schliefen ein.Irgendwann schlief ich auch ein um dann in meinem Bett aufzuwachen.Eins stand fest .Es wurde zu gefährlich für mich.Also verhielt ich mich so,wie sie es wollten.Doch dadurch verschlimmerte sich die Lage für mich nur.Ab meinem 15.Geburstag sahen sie mich nur noch als eine Sklavin,denn Chloé hatte einen Sohn und eine Tochter zu Welt gebracht.Doch das Schicksal der beiden bestimmten Chloé und Dad.Das Mädchen sollte zur Hausfrau werden und der Sohn sollte in Dad's Fußstapfen treten.Endlich hatte ich zeit mit Mum zu telefonieren.Wir sprachen viel über Recht,Unrecht und über Familie.

10

1.Schultag nach den Ferien.„Es gibt traurige Nachrichten." hob Frau Buße an und sofort ging das getuschel los.Ich hörte Franz sagen:Geht es um Charlotte?Sie hat seit ihrem 14.Geburtstag sehr stark nachgelassen in der Schule.Sophie antwortete:Ich glaube auch.Kuck mal sie hat schon wieder überall blaue Flecken.Die Glocke ertönte.Nein,nicht die Schulglocke.Unsere Glocke,die für Ruhe sorgen soll.Und es wurde auch still.Frau Buße redete weiter:„Helena wird in eine andere Stadt ziehen und die Schule wechseln,weil sie nur Probleme macht.Charlotte ist nach Hause gerannt,als sie das erste mal bei ihr war.Sie hat versucht die Schule anzuzünden und so weiter.Deswegen muss ihre Familie die Stadt und Helena die Schule verlassen."Ach du scheiße!Ich hatte ganz vergessen das überall Kameras hängen wirklich überall,die jede noch so kleine Straße filmen.Daher muss die Schule das Wissen nehmen.Als ich endlich zu Hause war,kamen Emma und Max an,meine Stiefgeschwister,und Chloé schrie:„Kümmerst du dich bitte um deine Geschwister?!".Wow!Chloé hat gelernt "bitte" zu sagen.Ich kann sie ab jetzt als Mutter akzeptieren.Ich ging ins Wohnzimmer und sagte:„Ich möchte dich als Mutter akzeptieren und lernen dich zu lieben.."Chloé wirkte überrascht. Vor überraschung stotternd,brachte sie heraus:„D-D-Das i-i-ist t-toll."Jemand klingelte.„Soll ich die Tür auf machen?" fragte ich.„Das wäre nett.Würdest du das bitte tun?" sagte sie immer noch überrascht.Ich hatte keine Ahnung wer die Frau war die da vor unserer Haustür stand.„Wer sind sie?" fragte ich.„Ich bin es Alexandra.Deine Mutter.Kennst du mich nicht aus dem Fernsehen?" fragte sie mit einem Blick der ihre wahren Gefühle verbarg.„Tut mir leid.Du bist hier nicht erwünscht." sagte ich ernst.Schmerzlich wurde mir bewusst das ich meine eigene Mutter abgewiesen hatte.„Emma,Max kommt ihr mal bitte?" rief ich meine Halbgeschwister.„Siehst du,Alexandra?Dad hat eine neue Familie." sagte ich provozierend,weil ich immer wütender wurde, das Mum erst jetzt kam.Hätte sie nicht etwas früher auftauchen können?Ich sah Mum an das sie traurig war.Meine Mum rief: „Helen kommst du bitte?":Kaum10 Sekunden waren vergangen und ein Mädchen tauchte auf.Ich schätzte sie auf 14/15 Jahr.„Das ist Helen,deine Zwillingsschwester." sagte Mum.„Was?Helen ist doch an einem Hirntumor gestorben!" antwortete ich.„Nein ist sie nicht.Das haben wir dir nur erzählt.In Wirklichkeit haben meine Eltern Helen aufgezogen und dir habe ich das mit dem Hirntumor

erzählt.Und jetzt wird es Zeit,dass ih euch kennenlernt." sprach Mum.PLötzlich wurde meine Wut zu Mitleid und ich ließ sie rein.Ich schloss die Tür und ging mit ihnen ins Wohnzimmer und stellte sie jeweils Chloé und Mum vor.Natürlich kam in dem Moment Dad nach Hause.Wir erklärten ihm alles und zum ersten mal in meinem Leben war Dad richtig verständnisvoll. Nächster Schultag.Ich ging in die Klasse.Aber anstatt dem Normalen geschehen zu sehen,war überall in der Klasse Blut und von der Decke hang erhängt … ach,du scheiße … meine Familie!Doch sobald ich meine Familie sah,war dieses Bild weg.

11

Wir hatten nur 8 Wochen Schulen bis zu den nächsten Ferien,

aber gefühlt waren es nur ein paar Schulstunden. Freitagabend. Es war der letzte Schultag gewesen. Wir saßen vor dem Fernseher, schauten einen Film und aßen Popcorn. Kuchengeruch. Es verschwomm schon wieder alles vor meinen Augen. Ich schloss sie und öffnete sie wieder. Ich war aber nicht in einer anderen Welt, wie bei den anderen Sprüngen. Nein, diesmal war es anders, diesmal hatte ich einen Geisterähnlichen Körper. Dieses mal sah ich meine Familie, und … das Geistermädchen?! Es saß an meiner Stelle, aber meine Familie schien nicht, das Mädchen zu sehen, sondern einfach nur Charlotte. Ich war verwirrt. Jeder Sprung hatte mich in eine Realität gebracht. Warum sah ich jetzt meine Realität? Ich roch etwas, einen Geruch, woher kannte ich diesen Geruch bloß? Was war es? … Es war der Geruch von … von angebranntem Essen! Das Bild verschomm. Ich schloss meine Augen und öffnete sie wieder. „Charllotte, essen" rief jemand. Ich saß in meinem Zimmer. In meinem Zimmer als ich 7 war. Ich ging dahin wo die Stimme herkam. Es war die Küche. Mum hatte versucht zu Kochen, denn Dad war auf der Arbeit gewesen. Aber jeder aus meiner Familie weiß das Mum nicht kochen kann. Kuchengeruch. Die Vision verschwomm und ich schloss die Augen um sie wieder zu öffnen. Ich saß wieder zu Hause auf dem Sofa und schaute den Film zusammen mit meiner Familie. Doch irgendetwas passierte, doch niemand ausser mir schien es zu merken. „Charlie, warum bist du so angespannt?" fragte mein Dad. Ich konnte nicht antworten, denn ich wurde zu meiner Seele und flog immer höher und höher. Alles veränderte sich als ob ich mich von den Realitäten entfernen würde. Nicht würde, ich tat es sogar!!! Während meines Fluges veränderte mein Körper sich. Zuerst verblasste er ganz. Dann wurde er schemenhaft.Ein Boxsack kam auf mich zu, aber der flog einfach durch mich durch. Ich bin zum Geist geworden! Nein, nein, neeein!! Es darf nicht sein, Ich wollte das doch gar nicht!!! Ein Planet der Erde ähnlich, nein er war identisch mit der Erde. Und ich landete wieder zu Hause. Aber irgendetwas war anders. Auf dem Sofa saße nicht meine glückliche Familie, sondern das Geistermädchen. Und auch die Einrichtung war anders. „Mama, Charlotte ist angekommen!!" rief das Mädchen. Eine erwachsene Frau kam in den Raum, sie trug eine Krone. „Hallo Charlotte. Du bist in der Zeitlosen Realität angekommen, der Geisterrealität." sprach die Frau. „Warum bin ich hier? Wer sind sie?" fragte ich. Die Frau sagte;„ Ich bin die Königin dieses Reiches und das ist die Prinzessin, meine Tochter. Du bist wegen deinem Schicksal hier. Du hattest Sprünge die dir andere Realitäten gezeigt haben und eine blutige Vision. Jede Charlotte Müller hat das gleiche Schicksal erlebt. Sie leben jetzt alle in dieser Realität. Vicktoria, meine Tochter hat versucht dich zu warnen. Immer und immer wieder, leider hast du es immer falsch verstanden. Du wirst jetzt hier leben müssen." „Was?! Nein, ich will zurück in meine Realität leben und nicht in eurer!!! Das ist alles nur ein Traum!!!" schrie ich verzweifelt. Ich schloss und öffnete meine Augen immer und immer wieder aber es funktionierte nicht. Ich fing an zu weinen.Sollte mein Leben wirklich nur noch ein Geisterleben sein? Diese Frage konte ich nicht beantworten.

Impressum:

Herstellung und Verlag:
BoD - Books on Demand,
Norderstedt
ISBN 978-3-7448-9589-7